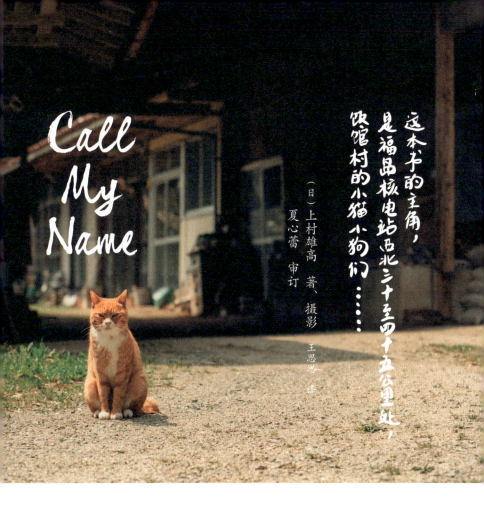

Call My Name

（日）上村雄高 著、摄影

王思思 译

夏心蕾 审订

这本书的主角，是福岛核电站西北三十至四十五公里处，饭馆村的小猫小狗们……

豆子，快来！阿笛，吃饭啦！

呼唤我的名字

深圳出版社

版权登记号 图字：19-2022-138 号

CALL MY NAME

©2021 KAMIMURA YUTAKA

图书在版编目（CIP）数据

呼唤我的名字 / (日) 上村雄高著、摄影 ; 王思思
译. -- 深圳 : 深圳出版社, 2023.7
ISBN 978-7-5507-3753-2

Ⅰ. ①呼… Ⅱ. ①上… ②王… Ⅲ. ①纪实文学－作
品集－日本－现代 Ⅳ. ①I313.55

中国国家版本馆CIP数据核字(2023)第007681号

呼唤我的名字

HUHUAN WO DE MINGZI

出 品 人　聂雄前
责任编辑　邱玉鑫　张嘉嘉
审　　订　夏心蕾
责任技编　陈洁霞
责任校对　张丽珠
封面设计　甘　丹

出版发行　深圳出版社
地　　址　深圳市彩田南路海天综合大厦 （518033）
网　　址　www.htph.com.cn
服务电话　0755-83460239（邮购、团购）
设计制作　深圳市龙瀚文化传播有限公司（0755-33133493）
印　　刷　中华商务联合印刷（广东）有限公司
开　　本　889mm×1194mm 1/32
印　　张　6.25
字　　数　143 千
版　　次　2023 年 7 月第 1 版
印　　次　2023 年 7 月第 1 次
定　　价　42.00 元

前言

　　猫咪或者狗狗的陪伴已经成了我们生活中不可或缺的一部分，我们每天都会呼唤他们[①]的名字，如同家人一般地和他们相处，给他们小点心，搂着他们毛茸茸的身体一起睡觉，看着他们孩子般的面孔，怜爱不已……但是，如果有一天，这样惬意的生活因一场灾难戛然而止，他们该何去何从？我们与他们之间，该如何相处？

　　2011 年 3 月 11 日，福岛县[②]，福岛核电站爆炸。人类撤离，家庭成员 —— 猫和狗，不得已被遗弃在荒废的家园。福岛县约有 12% 的地区成为被核辐射污染的受灾区域，有 16 万多原住民逃离家园，前往避难所，或者去别的城市投亲靠友。在此生活的约 16500 只猫狗，70% 以上被遗留在曾经的家中。残垣断壁间，这些弱小的生命，在人类都无法生存的土地上，艰难度日。

　　在福岛核电站半径 20 公里的范围内，没有政府许可，即使是原住民也无法进入。这也意味着被遗留在这片区域的动物们，将等不到主人的归来，很多猫和狗被活活饿死，牛、马、猪等家畜也一一遭受厄运。

　　在福岛核电站半径 20 公里以外的区域，即使是避难所，也只允许人类进入，猫和狗无法与主人同行。

_____

① 作者将猫和狗视为家人和朋友，故本书中以"他（们）""她（们）"称呼。
② 位于日本本州岛东北地区。

这本书的主角，是位于福岛核电站西北 30 ～ 45 公里饭馆村的小猫和小狗们，一群无法与主人同去避难所的毛孩子。

志愿者告诉我，经统计，饭馆村一共遗留了约 200 只狗和 400 ～ 500 只猫。小猫和小狗们独自住在曾经的家中，盼望着家人归来，盼望着家人再次呼唤自己的名字。

我第一次拜访饭馆村，是在福岛核电站事故发生近一年后的冬天。村里 6509 位居民在事故发生后几乎全部撤离，小小的村庄一夜之间变得空荡荡，如同"鬼村"，只有放射线探测器的警报声在一遍又一遍地叫嚣。

第一位被我拜访的，是一只名叫"Pinky"的小猫。他还住在原来的家中，家里仍挂着主人的衣服，院子里散落着孩子的玩具。尚有余温的生活痕迹和周遭死寂形成的反差，加剧着我对核辐射的恐惧 —— 我想马上离开这里！

"喵 ——"

不知何时，Pinky 出现在不远处，抬头望着我。他让我意识到，这里居然还有生命！

我现在依然清楚地记得 Pinky 带着我去猫粮投放点的场景，那昂首得意的样子驱散了我对核辐射的恐惧。

从那以后，我访问了饭馆村超过 250 次，去陪伴被遗弃的猫狗，尽最大可能去帮助他们。

福岛核电站事故已经过去十一年了，饭馆村的核辐射风险虽然已经解除，但是回归的原住民只有三成左右，村庄被灾难摧残的痕迹依然处处可见。我在那里看到了很多残酷的现实，但是，猫狗投来的清澈眼神，总是一次又一次地治愈我，鼓励我一次又一次地前往饭馆村。

"豆子，快来！"

"阿笛，吃饭啦！"

不管经历了多少孤独的时光，他们仍会亲切地回应我的呼唤，用小脑袋蹭蹭我，发出呼噜呼噜的声音。

虽然美味的食物会让他们欢欣雀跃，但是精神上的关怀更不可或缺。如果我们人类能对这些生命也充满爱意，那他们就不再只是失去家人的小动物，他们都是拥有自己的名字，并且让我们心怀温柔的存在，是值得拥有幸福的生命。

跟随着饭馆村的猫狗，我所追寻到的，是"生命的光辉"。我也想借这本书，将这"光辉"分享给你们。如果他们的故事，能够成为大家对生命和社会有所思考和行动的契机，那么，我会很开心。

请不要忘记他们，他们是和我们一起生活过的家人。

上村雄高

2022 年 3 月

目录

1

2

3

01

失乐园

Pinky
山上的小狗们
谁来照顾他们?

Pinky

在福岛核电站事故发生即将满一周年的时候，我来到了饭馆村。

闲置了近一年的房子，荒废了。房间里虽然还保存着曾经的生活设施，但是已了无生机，像是被核辐射夺去了魂魄，加剧着我对核污染的恐惧。

毫无防备地，我听到了一声"喵——"。

Pinky 出现在不远处，摇着尾巴向我走来。

他是这里第一位和我打招呼的朋友，一只小猫，住在没有主人的家里。

Pinky 也许已经很久没有被抚摸过了，即使对着我这样的陌生人，也撒起了娇。他撒娇的动作和神态与我家的猫一模一样。

在人类已经无法生存的地方，居然有猫活着！这难以置信的场景，就发生在眼前，我说不出话。

摄于 2012 年 2 月 19 日

山上的小狗们

二月的饭馆村，大雪纷飞。

原住民撤离后，这里发生了什么？小狗们该如何生存呢？

在无人居住的庭院中，水结成了厚厚的冰，他们的食物被埋在了雪里。

但是，当我出现时，他们此起彼伏地欢呼，在雪地里蹦起来。

在访问饭馆村之前，我并不了解这里的猫狗所遭受的苦难，但是，对于没能早一些去帮助他们，我感到十分惭愧和抱歉。

怀揣着内疚，我开始一次又一次地走进饭馆村，直到现在，仍未停下脚步。

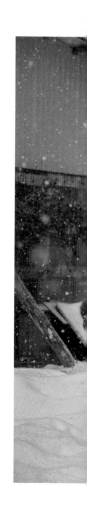

摄于 2012 年 2 月 19 日

摄于 2012 年 2 月 19 日

谁来照顾他们？

在饭馆村，我遇到了巡逻队和警察，他们大概就是这里为数不多的"人迹"了。巡逻队由原住民组成，分组轮流工作，他们每天都会巡视村里所有的房屋。

为了防止被放射线辐射，原住民在饭馆村停留的时间是受限制的，在避难指令解除之前，回家过夜更是绝对禁止的。大部分猫狗的主人，从避难所开车一小时左右前来照顾他们，然后匆匆离开。所以，我在这里很难遇到这些猫狗的主人。

小猫和小狗们靠主人、巡逻队和志愿者送来的食物维持生命。

值得庆幸的是，虽然他们的生活很艰苦，但是在饭馆村，没有一只猫或狗因为饥饿而死去。

摄于 2012 年 2 月 19 日

02

逝去

小圆
小春
阿花
查派
小白
墨墨

小圆

　　小圆在福岛核电站事故发生一年后，因病痛去世了。

　　在去世前的一个星期，小圆已经行动困难，失去了活力。他不再摇尾巴，我也无法通过尾巴来感受他的心情。

　　当我准备离开的时候，小圆迈着蹒跚的步伐送我到街边。

　　我似乎听到他在心里对我说：现在就要走了吗？

　　志愿者希望主人带着虚弱的小圆去医院治疗，但是，主人希望他能在故乡迎接最后的日子。

　　因为，即使送去医院，也不确定小圆能否得到有效的治疗，陌生的地方也会使他感到不安。

　　小圆在这片被核辐射污染的土地上，承受着孤独和病痛。

　　不论是对小圆伸出援助之手的志愿者，还是接受小圆即将死亡的主人，都对他很有感情，但都无法挽救他的生命。

　　在小圆去世的那一天早晨，我去看望了他。

　　见小圆闭着眼睛躺在地上，我不忍打扰，对他轻声说："过一会儿就回来看你。"

　　这成了我和小圆的最后一面。

　　太阳落山后，我回到小圆的身边，他已经停止了呼吸，只有在狗屋里居住的野猫陪伴在他身旁。

摄于 2012 年 3 月 4 日

小春

我到现在依然很后悔，没能保护好小春。

直到她生命垂危之前，我都没有对她有过特别的关注。

到 2014 年 1 月为止，我和小春只见过五次面。

2012 年 2 月，雪静静地下着，在山间小屋里，我遇到了她。

那个时候，她还没有名字。

看着她狼吞虎咽的样子，我能感受到她是为了活下去在努力吃饭。

2012 年 5 月，我和她第二次见面。

看见她站在树荫下，我停下了车。

她向我走来，像是一直饿着肚子在等待被投喂。

不久后，附近设立了投食处，她饿肚子的问题得到了缓解。

可是，她的领地似乎被其他猫夺走了，只得在附近茫然地徘徊。

2013 年 3 月，漫长的寒冬终于有了一丝暖意，我与她再会了。

她用仓库里的稻草熬过了整个冬天。

4 月中旬，春天来了。

我遇到了正在撒娇讨要食物的她。

吃饱后，她没有露出一丝亲昵的表情，掉头离开。

我到现在都无法忘记被她如此"势利"的样子逗笑的场景。

2014 年 1 月 21 日，是我和她最后一次见面。

她蜷成一团，躺在地上，脓水从腹部侧面流了出来。

因为被野生动物袭击，她受了重伤，伤口很深，被送去了邻镇的动物医院救治。

三天后，她去世了。

就在她去世的前一天，我的朋友已经决定要收养她，并给她取名"小春"，期盼她能够充满活力地迎接春天。

小春，我还没有来得及叫她的名字，她就离开了这个世界。

她原本是一只普普通通的家猫，一只不必畏惧野生动物、不必忍受酷暑寒冬、不必食不果腹的猫。

我没有想到，失去一只只见过五次面的猫，会如此难过。

回想起小春向我走来的样子，她可能是在向我发出求救讯号。

饥饿，酷暑，严寒，野生动物的袭击，核污染的伤害，都让她难以抵挡。

和这里其他猫一样，小春也过着就算失去生命也不足为奇的生活。

对于没能接收到小春的求救讯号，我十分懊悔。

经历了和小春的离别，我开始想要为每一个生命留下他们在这世上活过的证据。

如果什么都没有留下，就连小春活过的事实都会被世人遗忘。

这些小猫和小狗的命运，教我领会了生命的重量。

小春驻足过的树荫，我现在也经常去，每次，我都会想起她。

阿花

一旦我抱起阿花，不管是二十分钟还是三十分钟，她都会一直待在我怀里，直至我放下她为止。

初见阿花，她完全不是这样一副黏人的样子，很认生。

她有时只在远处注视我，有时会藏在背阴处。

阿花有几位一起讨生活的小伙伴，可能是被野生动物袭击，或者遭遇了其他的危险，小伙伴一个接一个地消失了。

同伴的失踪加上和主人分别的时间越来越长，阿花变得越来越依恋人类。

不定期回来看望阿花的主人说，看到她顽强生活的样子，总是能得到慰藉和能量。

我想，阿花见到主人的时候应该也同样收获了能量吧。

饭馆村解除避难指令后的第一个正月，一共有 602 人恢复了在村里的生活。

但是，这个人口数量还不到福岛核电站事故发生前全村人口 6509 人的一成。

对于阿花来说，这是她第七次在没有家人陪伴的庭院里迎来新春。

摄于 2018 年 1 月 1 日

摄于 2017 年 5 月 4 日

这一年，她不见了。

她住过的房子也因无人回归而被拆除。

阿花最终没能和家人重聚。

和人类一样，家人的陪伴对于猫和狗来说，非常珍贵。

灾难面前，我们做出"人类优先"的选择本无可厚非，但也希望我们能够打造出更贴近动物的心声，并且为动物着想的社会。

摄于 2019 年 11 月 14 日

查派

　　在知道查派的名字之前，我叫他"元气"。

　　查派性格外向，每当我带着食物和水出现在他面前时，他总是欢快地缠着我，使我不得不停下手里的活儿去安抚他。

　　被查派天真无邪的样子感染，倒是让我自己元气满满。

　　查派讨厌擦眼屎和剔除身上的毛结子。

　　每当我做了这两件事，他都会抗议。

摄于 2020 年 7 月 16 日

讨厌归讨厌，他也仍然腻在我身边。

有几次我和查派的主人一起动手为他洗澡，主人笑着说："即使做了让他讨厌的事情，他也还是会黏着你，对你是真爱呢！"

查派的主人经营林业，在避难前把他带到了山上的树林。

八年后，查派的视力和听力都衰退了，在为他建造的新家里，主人特意放上了小小的树桩。

主人告诉我："查派喜欢在树桩上睡午觉，所以在院子里放了树桩。"

2020 年的夏天，查派结束了二十三年的地球之旅，回到了"汪星"①。

在他生命最后的两年中，我几乎每周都会和他见面。

我们一起走在金色的草原和林间小道上，开拓了许多新的散步路线。

---

① 作者心目中专属于狗居住的星球，他们去世后会回到这里。

尽管晚年的查派视力和听力已衰退，腿脚也不再灵活，他依旧抓住时光的尾巴，贪婪地吹着故乡的风，享受着故乡的景。

即使跌倒，摔破了鼻子，他也挣扎起身，继续前行。

我喜欢查派这副认认真真努力活着的样子。

查派去世之后，我非常伤心。

回望往日时光，他始终面带微笑。

是的，他把笑容永远地留给了我。

摄于 2012 年 4 月 8 日

小白

小白总是孤零零地站在一片废弃农田边发呆。

在多次拜访小白之后，我才知道他一直被深深疼爱着。

攝于 2019 年 9 月 11 日

小白发呆的那片土地，曾经是主人耕种的农田，收获过大地丰富的恩惠。

过去的日子里，主人在田间劳作，小白在田边陪伴，那里是能清楚看到主人的特等席。

后来，农田不再，主人离去，只有小白，仍在原地等待。

有一年冬天，大雪。

积雪的厚度快赶上了人的身高，通往饭馆村的道路被封闭了好几天。

当车辆被允许进村后，小白的主人第一时间驱车赶到。

开车路过的我，看到了在拼命铲雪的小白主人，于是停下车拿起铁锹，助他一臂之力。

"小白在里面！"

主人焦急地一边铲雪，一边向我诉说。

小白居住的仓库，门被厚厚的雪封住了。

奋力铲雪一小时后，主人再次见到了小白。

小白无恙，主人终于松了一口气。

老狗小白见到主人，露出了天真灿烂的笑容，那股发自心底的欣喜，深深地刻在了我的脑海里。

当时，有不少人批评遗弃猫狗自顾自避难的主人。

但是，不得不这样做的主人却更加痛心——因为避难所不允许带宠物同住。

应该受到批评的是我们——没有建立一个能和宠物一起避难的社会。

摄于 2019 年 10 月 30 日

带着小白一起散步时，他只要发现我兜里有零食，就会忘记看路，目不转睛地盯着我的口袋。

每当我呼唤"小白，到我这边来"，他都会立马朝我奔跑。

虽然已经是十五岁的"老人家"，但是他总像年轻的狗一样，眼睛炯炯有神。

福岛核电站事故发生后的第十年，小白去世了。

直到生命的终点，他都像灾难没发生过一样，天真无邪地笑着。

摄于 2013 年 10 月 4 日

摄于 2021 年 6 月 17 日

摄于 2021 年 6 月 9 日

墨墨

墨墨是这个投食处的常客，胆小又认生。

她经常从走廊下面探出头来，想讨要食物，可是我一靠近，她便躲回去了。

投食处任猫咪自由出入，可以躲避风雨，也可以保护他们免受野生动物袭击。

生活在相对安全的投食处的猫咪，被保护的优先级已经变低。

志愿者在做了大量的工作之后，开始撤离。

摄于 2019 年 12 月 11 日

摄于 2021 年 3 月 11 日

我以前每周访问墨墨的投食处一次，慢慢地增加到了两次、三次……

我一直呼唤着墨墨的名字，直到她出现。

"墨墨，你还好吗？"

"墨墨，我带饭来喽！"

我不断地用各种方式告诉她，我想和她成为好朋友。

不久后，墨墨终于从走廊下面走了出来，蹲坐在我面前。

这是我们相距最近的一刻，触手可及。

我开始想象着，或许在不久的将来，墨墨在我家棉被上蜷成一团的样子。

　　但是，这个梦想最终没能实现。

　　2021 年春，我发现了横躺在路边的墨墨，她一动不动。

　　墨墨去世了，突如其来，毫无防备。

　　这是我第一次真正抚摸到墨墨，她终于放下了戒备，可是悔恨和悲痛让我泪眼模糊。

　　我一边埋葬她，一边对她说：

　　"如果再次降临人间，请不要犹豫，一定要到我身边来。"

03

伙伴

摄于 2021 年 3 月 17

甜甜

　　甜甜在这个投食处生活了六七年，其中有几年，她和墨墨做伴。

　　甜甜在饭馆村时，被临时起了一个名字，叫"阿瑁"。

　　这是一个贪吃的小妞，每次我带着猫粮出现时，她也一定会出现。

只是，她对我总是保持着她觉得安全的距离。

阿瑁对人的戒备和友善，维持在一个恰到好处的临界点。

最初，我只是每周去拜访她一次，她总是安静地等待着食物，吃完就立刻扭头离开。

"最近还好吗？"

"我这就去拿饭，稍等一下哦！"

这一年里，我每周去看望她两次或者三次，每次都会和她说很多很多话。

慢慢地，阿瑁开始用撒娇的叫声讨要食物了。

吃完饭后，她不再立刻离开，而是安心地在我面前洗脸。

只是，每当我伸手想去抚摸她时，她那只毫不留情的圆手就会准确地出现在我俩之间。

我想等我和她的关系再近一些，就把她带出饭馆村，让她比墨墨获得更好的结局。

2021 年秋天，和阿瑁共同生活的白茶身体欠佳。

本来想用诱捕笼抓白茶去治病，但是却误抓了阿瑁。

既来之，则安之。于是，阿瑁就成了我的家人。

阿瑁在我家狼吞虎咽地享受着食物。

这一场景，是我一直期待并有预感成真的。

来到我家的阿瑁，似乎记得我是谁，即便如此，她也绝不会放松戒备。

摄于 2020 年 8 月 27 日

已经在我家生活的猫咪，帮助阿瑂缓解了心情。

家里的猫咪一靠近她，她就会发出我从来没有听过的撒娇声。

这时，我抚摸她的身体，她就会舒适地闭上眼享受起来。

她其实是个爱撒娇的孩子啊！

这一瞬间，阿瑂终于变成了甜甜。

三花

　　三花和墨墨、阿瑁出现在同一个投食处。

　　她没有正式的名字。

　　三花并不合群，独自住在投食处旁边的山上。

　　每当发现我开车到达的时候，她就会兴奋地欢呼起来，并以迅雷不及掩耳之势冲下山坡出现在投食处。

　　最近三年，我每周都会去拜访三花的投食处。

　　每次和她见面，都会和她"促膝长谈"。

　　我以为不停地聊天已经拉近了和她的关系。

　　但当我伸出手要去抚摸她时，她还是会敏捷地伸出小拳头。

　　在我的不断"唠叨"之下，最近情况有所改观，她开始在我触手可及的范围内撒娇讨要食物了。

　　三花从 2014 年开始就依存于这个投食处。

　　我打算把已经在饭馆村度过了半生的她收养为家猫。

摄于 2021 年 6 月 24 日

帆立贝和小次郎

即使去过饭馆村很多次了，荒无人烟的景象仍会让我感到不适。

在临街遇到了猫咪"帆立贝"。他时而爬上树，时而钻进车，从不拿自己当外人。

在避难指令尚未解除时期的饭馆村，即使是原住民，也被禁止过夜。如果有房屋发出了亮光，警察会马上出现。

帆立贝的主人感叹道："在自己的家里，不能自由地居住，真的很痛苦。"

帆立贝有三只狗狗朋友，其中一只狗狗名叫"小次郎"。

我给狗狗们投喂食物的时候，帆立贝总是第一个探出头来。

小次郎则淡定地看着帆立贝狼吞虎咽，把他当成自己的弟弟。

看着帆立贝被三只狗狗温柔宠爱的样子，我放心了。

摄于 2013 年 9 月 13 日

2014 年开始，狗狗们一只接一只地死去。

后来，帆立贝也没了踪影。

这里的小猫和小狗们常常被打上"可怜"的标签，但只要生活在继续，大家就都会展现出开朗乐观的样子。

活着的每一天，他们都努力散发出各自的光芒。

摄于 2013 年 7 月 20 日

摄于 2014 年 2 月 5 日

米奇和咪咪

最初走进饭馆村的时候，我就认识了米奇。

即使到了老年，米奇也拥有着孩童般清澈的眼神，爱撒娇的本领一直出类拔萃。

和米奇最美好的回忆是在寒冬里散步。

尽管气温已经是零下八摄氏度，米奇仍不管不顾地跃进厚厚的积雪中，兴奋地闹腾着。

我最喜欢的照片，是手指快被寒风撕破时按下快门的那一张。

摄于 2018 年 12 月 26 日

摄于 2019 年 8 月 21 日

在晚年，米奇结识了一位新朋友 —— 橘猫咪咪。

咪咪，不知从何处流浪而来，不由分说地就住进了米奇的小屋。

咪咪把米奇当成了家人，在寒冷的季节里，咪咪会蜷缩在米奇怀里取暖。

即使被咪咪抢走了食物，占领了床铺，米奇也只是温柔地看着他。

只要带米奇出去散步，咪咪就开始上演他的跟踪戏法。

　　他一会儿突然加速，一会儿嬉闹着跑到散步队伍的最前面，用花哨的动作引诱米奇来一起玩捉迷藏。

　　咪咪跑，米奇追。

　　这时候，年迈的米奇会变得神采奕奕，像年轻的小狗一样欢闹着。

　　自由奔放的咪咪，是能让同伴会心一笑的天才。

　　这种超越物种的牵绊，温暖了我。

　　后来，米奇被家人接走，重新共同生活，直到 2020 年生病去世。

摄于 2021 年 4 月 22 日

摄于 2021 年 5 月 13 日

阿达

阿达和我相识将近十年了，他和米奇、咪咪住在同一个院子里。

有一年，阿达的小屋被大雪掩埋，在我为小屋除雪的时候，阿达热情地抱住了我。

他抬起头看着因无法继续除雪而苦笑的我，笑容满面。

虽然已经有六年没有和家人一起生活，但阿达对人类的喜爱一点儿都没有减少。

每次去探望他，他都会像见到久别重逢的恋人一样抱住我。

对了，阿达也是橘猫咪咪的好朋友。

摄于 2020 年 7 月 16 日

摄于 2021 年 6 月 17 日

小沙丁和汤姆

小沙丁和汤姆的家位于核污染最严重的地区之一。

这个地区被划为避难区域以后，就很少有人类出现。

第一次拜访他们的家，我就听到了从高处传来的猫叫。

即使投食处还有食物，小沙丁也拼命地向我诉说着什么。

这样撕心裂肺的叫声，应该不是因为饥饿，而是在向我传达着某种情绪。

每当小沙丁在安全地享用食物时，警戒心很强的汤姆才开始慢慢靠近。

他们在漫长的孤寂中相依为命，我心里默默地应援道——加油。

主人离家避难将近四年后，汤姆失踪了。

失去伙伴的小沙丁受到动物援助团体的保护，几年后回到了"喵星①"。

即使饭馆村的避难指令解除了，也没有人回到小沙丁和汤姆的家。

随后，房屋被拆除。

他们作为生命存在过的痕迹荡然无存。

———————————

① 作者心目中专属于猫居住的星球，他们去世后会回到这里。

摄于 2012 年 2 月 26 日

摄于 2012 年 3 月 4 日

樱子

　　每次见面，樱子都像皮球一样弹力十足地蹦起来，这是她欢迎我的方式。

　　住在同一个院子里的"草莓"和"牛奶"是她的女儿。

　　撒娇也好，讨要零食也好，樱子总是冲到最前面的那个，全然忘记自己已经当妈妈了。

　　在主人回家探望的日子里，全家一起散步成了一种仪式。

　　主人开车在前引导，樱子和孩子们无拘无束地跟随其后。

　　如果没有福岛核电站事故，她们应该每天都会在故乡的青山绿水间悠闲地散步。

　　樱子的家没有那么幸运，这么多年过去了，至今仍然堆满放射性废弃物。

摄于 2020 年 4 月 29 日

草莓

草莓和母亲樱子、妹妹牛奶一起抓到过野猪，这母女仨不容小觑。

在樱子和牛奶攻击野猪尾巴的时候，草莓扑上去给了野猪最后一击。

她坚强又勇敢。

如果没有遇到危及生命的险情，她始终是喜欢和人亲近，保持着微笑的狗狗。

草莓最喜欢玩球了，只要抓到在空中弹得最高的那个球，她就一定会自豪地把球送到我身边。

我总是觉得，和草莓沟通毫无障碍，她是个聪明的女孩子。

2020 年，草莓去了天国。

每次重回草莓的家时，我都会回想起她微笑的样子。

摄于 2019 年 12 月 18 日

摄于 2021 年 2 月 11 日

牛奶

最近，牛奶给自己开发了新的爱好 —— 挖洞。

她在栅栏下挖了一个洞，正好通向邻居家的院子。

她充分利用这个洞，一会儿去拜访邻居家的狗狗，一会儿又去邻居家拿点心。

一天，我遇到刚从洞穴钻回自己家的牛奶。

"牛奶，我有小零食哦！"

她抖了抖脑门儿上的土，开心地飞奔过来。

在福岛核电站事故发生后出生的牛奶，没有和人类共同生活的经历，对陌生人很警惕。

但是，只要耐心交往，小狗狗的心扉总是会很快敞开。

主人暂时回家的时候，会开着车引着牛奶散步。

有时，她追逐着主人的汽车，笑容满面地从我身边像一阵风似的跑过。

我强烈期盼着这位风一样的女子，能笑着度过每一天。

04

时光

高浓度核污染

长泥地区是饭馆村里核污染最严重的地区，距福岛核电站约 30 公里。

事故发生后一年，长泥地区的核辐射污染数值是事故发生前的 200 倍左右。

2011 年 3 月 15 日，放射性物质混合着雨雪，倾泻到饭馆村。

3 月 17 日，长泥地区的辐射剂量记录值为 95.2μSv/h。

这比福岛核电站半径 20 公里范围内的警戒区域数值还要高得多。

但是，政府在 4 月 22 日才发布饭馆村避难指令。

在一个多月的时间里，遭受核辐射侵害的村民们，一直怀着不安的心情生活。

长泥地区的辐射剂量记录表
摄于 2012 年 5 月 8 日

"返回困难区域"被限制通行
摄于 2013 年 4 月 23 日

难以返回的家园

村民们离家避难一年后，政府根据核污染程度，将福岛核电站附近的避难区域划分为三种类型，从轻到重依次为："避难指令解除准备区域""居住限制区域""返回困难区域"。

想要进入"返回困难区域"，连原住民都必须事先得到政府的许可。

饭馆村的避难指令于 2017 年解除，唯有长泥地区被指定为"返回困难区域"并封锁至今，成为难以返回的家园。

摄于 2014 年 4 月 29 日

第三个春天

清除放射性物质的工作开始后，饭馆村的景象为之一变。

施工最热闹的时候，有 7000 ～ 8000 名工作人员进入饭馆村，比原住民 6509 人还要多。

大型卡车在街道上来来往往，忙得热火朝天。

含有放射性物质的废弃物存放场达到了 104 处，随处可见。

垃圾和泥土被装进 1 立方米大小的袋子里。

这样的袋子堆积了大约 230 万个，几乎能塞满两个东京巨蛋体育馆。

2014 年 4 月末，饭馆村就这样迎来了福岛核电站事故发生后的第三个春天。

盛开的樱花注视着不断变化的街景，安静地期盼着原住民归来。

邮路

在福岛核电站事故发生前，所有人都理所当然地认为，只要把信投进邮筒里，对方就能收到。

但是，饭馆村被划为避难区域后，所有的邮筒都被封了。

6 个邮局全部停运，快递运输也停止了。

村民的快递包裹被转送到了避难地址。

民营的快递公司也停止受理寄往饭馆村的包裹。

饭馆村邮筒上张贴着关于邮局停运的通知
摄于 2014 年 6 月 24 日

　　2012 年末，在核污染比较轻的地区，有邮局
重新开始营业。
　　饭馆村的避难指令解除后，这里的快递也恢复
了，但仍有 3 个邮局至今尚未恢复运营。

沉睡的学校

福岛核电站事故发生前，饭馆村有 3 所学校，小学、初中和高中各一所。

避难期间，所有的学生都迁到了附近的城镇，租用校舍或者在临时学校上课。

饭馆村的避难指令解除后，村内恢复授课。

中小学的全体学生重返校园，大家聚在改造后的教学楼内。

2020 年，饭馆村中小学合并，改为中小学通读九年制的"希望之家学园"。

此时，在希望之家学园学习的孩子有 65 人，而福岛核电站事故发生前，饭馆村有 541 名中小学生。

十多年过去了，我几乎没有在饭馆村遇到过孩子。

家长带着孩子移居到附近的城镇，宁可让他们乘坐校车往返饭馆村上学，也不愿再返回居住。

饭馆村的很多年轻人，对核辐射造成的健康危害感到不安。

他们选择了在饭馆村周边更加便利的城镇生活。

不久，村里唯一的高中由于入学申请人数太少而停课了。

每年春天，高中校园里，操场上的樱花依旧盛开，似乎一直在等待着孩子们回归。

但是，学校并没有从沉睡中醒来。

摄于 2017 年 4 月 30 日

就业

被划为避难区域之后，饭馆村几乎所有的店铺都停止营业了。

店铺的员工也是村里的居民，必须要离开避难。

虽然有一家加油站一直在营业，但事故发生后的四年多里，在饭馆村是买不到食品和日用品的，直到便利店重新开业。

因为村里有暂时回家的住户和参与修复工程的工作人员往来，他们希望能有间便利店，满足日常所需。

于是，政府部门推动民营企业投资，饭馆村才有了福岛核电站事故发生后的第一家便利店。

避难期间，也有几家事务所和工厂在政府的特别许可下开工了。

这些企业意识到，如果没有就业，在饭馆村就无法继续生存下去，于是选择了继续营业。

但是他们的产品被不断质疑是否被放射性物质污染，这使得经营变得更加艰难。

避难指令解除两年后的 2019 年，有 65 人选择回村就业。

而在福岛核电站事故发生前，饭馆村拥有 449 家企业。

摄于 2013 年 9 月 13 日

摄于 2013 年 9 月 13 日

摄于 2014 年 8 月 1 日

谣言受害者

福岛核电站事故发生后的第三年，饭馆村原住民的庭院和农田变得越发荒芜。

这片避难区域内的农业生产还没有恢复。

但是在福岛县内远离核电站的地区，农业生产仍在继续。

这些地区生产的农产品，含有的放射性物质被证明低于日本当地政府规定的标准。

尽管如此，福岛县的农产品也依然为人们所忌讳，不得已，只能卖得比其他产地的更便宜。

原住民成了核污染谣言的受害者。

这一现实，给仍在外避难的饭馆村农民留下了阴影。

在望不到头的避难生活里，很多居民看不到故乡未来的希望。

猫咪的投食台

最初，志愿者将猫咪的食物盛放在盘子里或锅里，摆在投食处的地面上。

不久，果子狸和乌鸦就赶来了，在投食处搞破坏。

一晚上两三公斤猫粮消失的事情时常发生。

于是，志愿者设计了高脚式的投食台。

果子狸无法爬到高处，但猫咪可以。

乌鸦虽然会飞，可以把头伸进投食台吃上一顿，但是吃到的量减少了。

此后，投食处的破坏者换成了一群会攀爬的家伙，比如貉、浣熊和狐狸。

虽然没有找到能完全抵御野生动物偷吃猫粮的方法，但是，最多的时候志愿者会设置 50 个投食台，以量来取胜。

随着保护猫咪使命的完成，以及村里的部分房屋被拆除，投食台的数量在慢慢减少。

福岛核电站事故已经过去了十一年，至今仍有 10 个左右的投食台在继续帮助猫咪填饱肚子。

摄于 2014 年 7 月 1 日

摄于 2015 年 11 月 8 日

更多小猫出生了

原住民撤离后，饭馆村诞生了很多小猫。

当时猫的绝育手术尚未普及，大多数猫都是放养状态，无序繁殖。

既然新的生命诞生，那么尽力让他们生存下去也是恪守人道主义的本能。

可是，饭馆村的小猫活得并不容易。

饿肚子是家常便饭，还有被野生动物袭击的风险，甚至小病小痛也能关乎生死。

在福岛核电站事故发生后的几年，志愿者拼尽了全力保护猫。

但是，力不从心。

更多的小猫出生了，猫的数量在不断增加。

志愿者开始在绝育手术上倾注更多力量，采用了现今最有效、最为人道的处理流浪猫无序繁殖的方法 ——TNR。

T——trap（捕捉），N——neuter（绝育），R——release（放归），即抓捕流浪猫，为他们做绝育手术，再放归。

现在，志愿者已经为超过 500 只猫做过绝育手术，并将他们分别放归至多个投食处。

日本政府的行动滞后，暂时只能依靠动物保护组织和个人志愿者投入大量的时间、精力和金钱去解决这个问题。

在福岛核电站事故发生十一年后的今天，我几乎很少在饭馆村遇到新出生的小猫了。

摄于 2013 年 9 月 24 日

志愿者

对于留在饭馆村的猫狗来说，志愿者的援助是不可或缺的。

能够比较频繁回家的主人只占少数，他们多的一周能回来一两次，也有的一个月才回来一次。

避难生活刚开始的时候，主人们的生活状态也特别不稳定。

政府部门几乎没有采取任何措施支持保护猫狗的行动，是志愿者用行动弥补了政府和主人力所不能及的空缺。

福岛核电站事故发生以来的十一年间，志愿者收养了 400 多只猫，为 500 多只猫做了绝育手术。

事故发生后的第二年到第四年，是志愿者最活跃的时期。

每个月有 15 ～ 25 组志愿者参与到猫狗的援助活动中。

在福岛核电站事故发生后的第十年，志愿者的数量减少到了 3 ～ 5 组，每组志愿者每周探访饭馆村 2 ～ 3 次，照顾着依旧生活在村里的猫狗。

志愿者活动的减少，一方面是因为饭馆村猫狗数量的减少，另一方面也与全社会对受灾地区关心程度的降低不无关系。

志愿者的行动，其实离不开全社会的支持。

在饭馆村的志愿者中，日比辉雄先生是一位灵魂人物。

在福岛核电站事故发生后一年多，他为了保护饭馆村的猫狗，从关

摄于 2016 年 2 月 7 日

西搬到了福岛县。

直到 2019 年回到关西，七年时间里，日比先生共访问饭馆村 1580 次以上。

不只是身体力行地照顾当地的猫狗，日比先生也会给其他志愿者分享信息，支持他们的工作。

我们曾经遇到过同一只猫，这只猫一见到我立马躲藏起来，却听从日比先生的召唤，走去他的身边。

这一瞬间，我百感交集。

日比先生不仅使猫狗得以饱腹，而且也让他们的心灵得到慰藉。

投食处消失了

　　有几处投食处，分别有 10 来只猫咪聚集。
　　最初只有几只家猫，但是他们不断繁衍，生出了众多流浪猫后代。

　　从 2016 年秋天开始，志愿者组织的保护猫咪的活动就已经在有序进行。
　　半年时间里，大约有 80 只猫咪被集中保护了起来。
　　尽管志愿者一直不懈地努力，控制猫咪数量的增长，但最开始的几年，还是没有赶上他们繁衍的速度。

　　2017 年 3 月底，政府决定解除饭馆村的避难指令。
　　拆除旧房屋的工作轰轰烈烈地展开了。

　　有很多投食处设在废旧仓库里，所以旧房屋的拆除意味着投食处的消失。
　　继主人离家避难之后，猫咪们被迫再次面临残酷的生存环境。
　　让人唏嘘的是，造成这次困境的，竟然是因为避难指令的解除。

摄于 2014 年 2 月 5 日

摄于 2017 年 4 月 30 日

第六个春天

2017 年 4 月。

饭馆村的避难指令已经解除了一个月，也是福岛核电站事故发生后，饭馆村迎来的第六个春天。

樱花盛开，观者极少，平添了几分孤芳自赏的落寞。

只有远处响起的放射性物质除污作业的轰隆声与樱花做伴。

复兴的象征

　　饭馆村一直在努力恢复原来的样子，各种设施的重建和改建也在进行中。

　　村政府设在了村里的中心位置，学校、儿童乐园、医疗设施和运动设施一应俱全。

　　沿着县道还建了一所由村子经营的商业综合体，这是村里的一处大型购物中心。

　　这里销售福岛县种植的蔬菜、花卉，也设有餐厅、便利店、公园，是村子里人最多的地方。

　　2022 年是避难指令解除后的第五年，生活在饭馆村的人只有 1500 位，且多数是老年人，因重建工程而驻扎在村里的工作人员也在减少。

　　直到现在，作为复兴象征的饭馆村购物中心仍在亏损经营。

　　为了推进饭馆村的复兴，政府投入了资金，重建了很多新的设施，但是村子的元气依然没有恢复。

摄于 2017 年 8 月 31 日

监控站

　　福岛核电站事故发生以后，饭馆村设置了 140 多个测量空间辐射剂量的监控站。

　　即使避难指令解除了，不少地方显示的辐射剂量依然很高。

　　为了消除居民不安情绪而设置的监控站告诉我们，让居民感到不安的根源并没有从饭馆村消失。

05

团聚

白狸和黑狸

白狸和黑狸是我临时给他们取的名字。

房屋主人避难离开之前，他们就已经像流浪猫一样在这附近生活了，所以一直没有正式的名字。

避难后，房屋主人不再锁门，把自己的家开放给了猫咪。

于是，这里成为一个投食处，大概有 10 只猫咪把这里当成了家。

投食处时常会有果子狸和貉入侵，也会有从其他地方流浪过来的猫咪分一杯羹。

摄于 2014 年 6 月 24 日

摄于 2013 年 9 月 13 日

　　白狸和黑狸像是这里的领导，他们亲切地出来迎接我，身上的伤口似乎成了为守护年轻猫咪和领地而留下来的勋章。

　　白狸是年轻猫咪的支柱，大家都聚集在他身旁。
　　三花和虎斑出生在福岛核电站事故后，所以，他们没有和人类一起生活的经历。
　　但是，这些猫咪的眼神并不像野猫那样犀利，有时也会满眼温柔，撒着娇讨要食物。
　　白狸似乎告诉过小猫咪 —— 人类并不可怕。

摄于 2019 年 3 月 6

大熊 · 小锁 · 小希

　　每次带小锁散步时，我都会去探望和他住在同一个院子的大熊，以及邻家的小希。

　　只要我拿出零食，他们就会开心地靠过来，似乎在说"我要吃，我要吃"。

　　在没有家人照看的日子里，狗狗们被锁链紧紧拴住，甚至无法自由地触碰彼此的鼻子。

　　他们失去了一些最普通的快乐。

摄于 2013 年 10 月 28 日

摄于 2014 年 1 月 3 日

可我深深记得，在灾后的第三个新年开启之时，我在空荡荡的庭院里见到小锁，他仍然笑容满面地迎接了我。

在福岛核电站事故发生后的近十年里，我往返于恢复了日常生活的东京和尚未除尽核污染的饭馆村之间，仿佛是在两个平行世界间来回切换。

现在，即使饭馆村已经解除避难指令，但这份落差感依然挥之不去。

幸运的是，大熊、小锁、小希都已和家人团聚。

武藏

在饭馆村的避难指令解除之前，武藏一直在乡间游荡着。

他喜欢冒险，时而去拜访 5 公里外的狗狗们，时而迷失在 10 公里外的陌生村庄里。

在工人们进驻饭馆村进行放射性物质除污作业的那段日子里，武藏每天都来出席大家的工作早会，在会场上向众人卖萌撒娇。

饭馆村的避难指令解除之后，武藏反而被套上了锁链，但是他可以享受每天早上和家人一起散步的时光。

武藏的家人是回归的原住民，他们已经在饭馆村恢复了农耕作业。

他身后的那片农田，就是主人开垦的。

就在几年前，那里还堆满了放射性废弃物。

如今，这片区域的原住民渐渐回迁，耕地也在逐年增加。

柴柴

主人离家避难之后，对于始终被锁链拴着的狗狗们来说，散步成了他们最期盼的活动。

虽然我对养狗并不十分在行，但是也能听出他们被解开锁链后，那句发自内心的"好开心啊"。

和主人一起生活的时候，柴柴每天都能自由奔跑。

有一天，我遇见了回家探视的主人，正带着柴柴像往常一样散步。

柴柴在主人前方奔跑，不一会儿又气喘吁吁地折返回来。

"柴柴，过来！"

主人在街边迎接她，而她开心地仰望着主人。

在饭馆村，人们失去了很多日常生活中最普通的乐趣。

现在，村里很多建筑物也被拆除，村子变得面目全非。

2021 年是福岛核电站事故发生的第十个年头，柴柴二十岁。

在她度过的漫长岁月里，我对她了解不多。

摄于 2018 年 8 月 25 日

摄于 2018 年 12 月 26 日

只是在主人临时回家的日子里，柴柴会比平时更加雀跃。

我仿佛感受到了这里曾经随处可见的欢愉。

那时，我还不知道饭馆村的名字，主人和柴柴已在这里相互扶持过着简单快乐的生活。

福岛核电站事故发生后，在大门和窗户紧闭的庭院里，只有狗狗独自居住，这场景总是让我觉得悲凉。

可喜的是，如今，柴柴已随主人搬迁，和主人重新生活在一起，这应该是她最期望得到的幸福。

06

新家

岛太郎

2014 年冬天,饭馆村遭遇了数十年一遇的大雪,通往村里的路被大雪阻断了。

无人的庭院里,积雪超过了一米,被铁链牢牢拴住的狗狗们性命堪忧。

道路疏通后,我忧心忡忡地赶往村里,幸好,狗狗们都平安无事。

岛太郎像什么事都没发生过一样,在雪地里欢快地玩耍。

他照常讨要着食物,并在几个盘子之间来回踱步,盘算着如何将食物全部占为己有。

岛太郎现在在我家生活着。

他原本是一只野猫,后来在被志愿者不断投喂食物的过程中,慢慢和人亲近起来。

在我家生活的头两年里,岛太郎不会轻易撒娇。

我知道,他内心深处并未卸下防备。

在成为我的家庭成员的第四年,他终于可以靠在我的膝盖上,安心地享受着抚摸,眼睛慢慢眯成一条线。

现在,他照顾着新来的小猫咪,陪伴在生病的小猫咪旁边,是一个内心温柔的男子汉。

不变的是,他仍旧是一枚吃货。

摄于 2014 年 2 月 18 日

摄于 2017 年 11 月 8 日

Sai

Sai 是在福岛核电站事故发生之后出生的小野猫。

在饭馆村流浪的时候，她还没有名字。

她的警戒心强，总是站在离人很远的地方，在近 10 只猫咪居住的投食处，显得很不起眼。

不知是模仿同伴撒娇的样子，还是被食物吸引，不知不觉间，她已经学会了站在讨要食物队伍的最前列。

后来，她居住的投食处被拆除了，以此为契机，我收养了她。

Sai 很安静，"安静"在英文中是"silent"，这就是她名字的由来。

随着年龄的增长，Sai 变得越来越喜欢和人亲近了。

曾经的核辐射对她的身体造成了影响，她常常会因为流眼泪和流鼻涕弄湿自己的脸，但是仍会不管不顾地躺在我的胸前入睡。

在饭馆村时，她和岛太郎互相做伴，现在又共同在我家生活，他们还是那么相亲相爱。

摄于 2014 年 8 月 17 日

亲戚或朋友来家里作客时，Sai 会趴在客人的膝盖上。
她最擅长的就是让客人们露出笑容。

在不断和人交往的过程中，Sai 慢慢释放出了内心的自我。

看着 Sai，我有时会想，眼神凶狠的流浪猫们，内心深处应该也隐藏着和 Sai 一样的温柔吧。

如果你遇到了流浪猫，请轻声和他们打招呼。

我们的语言和态度，应该能够传递到他们心里。

摄于 2012 年 6 月 30 日

豆子

第一次和豆子见面，他就围绕在我身边，寸步不离。

当我准备离开的时候，他似乎在控诉：现在就要走了吗？

豆子留恋的目光让我难以忘怀，于是，我决定只要去饭馆村，就一定去探望他。

每次见面，豆子总是一边喵喵叫，一边走到我身旁。

在讨要食物之前，他会先过来撒娇，并且始终和我待在一起，就算吃饱喝足，也不离开。

一个小时，两个小时，三个小时……

我和豆子在一起的时间不断变长。

摄于 2012 年 6 月 3 日

我和豆子的主人见过几次面。

主人已经八十多岁了，在福岛核电站事故发生之前，一直在家乡务农。

事故发生之后，他每隔四天就会骑着摩托车，从避难所奔波一个多小时，带着豆子喜欢的鲑鱼饭团和金枪鱼罐头回饭馆村的家中探望他。

这对于高龄的主人来说，并不是一件轻松的事情。

摄于 2012 年 5 月 8 日

摄于 2013 年 4 月 14 日

尽管如此,他每次回家,总是温柔地看着豆子,轻声和他交谈。
豆子则开心地享受着主人准备的食物。
主人说:"和豆子见面,是让我的生活持续下去的动力。"

主人在院子里拔草的时候,在家歇息的时候,豆子都会待在他身边。
我仿佛看到了这里曾经平静的生活。
这样的日子,在豆子出生后,持续了将近十五年。

摄于 2013 年 10 月 28 日

摄于 2013 年 12 月 30 日

摄于 2013 年 9 月 24 日

　　福岛核电站事故发生三年后，豆子的家开始了清除放射性物质的工作。

　　但是，由于此处是重度污染区，即使清除工作结束，也完全达不到安全居住的标准。

　　就在这时，豆子受伤了。

　　年迈的主人因为失去了工作，所以回家的频率也越来越低。

　　豆子平日觅食的投食处，吸引了野猫以及其他野生动物。

　　对于老猫豆子来说，被野生动物攻击、和年轻的野猫争夺食物，是非常残酷的生存状态。

"不能让豆子遇到更多危险！"

以豆子受伤为契机，主人决意与豆子彻底分别。

加之辐射剂量始终降不下去，主人回到家乡生活的希望彻底破灭，最终促使他做出了这个不得已的决定。

在那之后，豆子被东京的一个家庭收养。

豆子刚刚搬进新家的时候，我去探望了他。

摄于 2014 年 8 月 17 日

摄于 2016 年 1 月 11 日

　　他看上去很安心，依偎在新主人的身边。

　　在饭馆村时，豆子看上去有些寂寞。

　　但是，到了东京，新主人告诉我，他变得活泼了。

　　半年后，我再一次去探望了他。

　　趴在主人的膝盖上睡觉，和同居的猫咪一起望着窗外的风景，豆子已经彻底融入了这个家庭。

　　虽然没能在故乡重拾原来的生活，但是豆子在新家收获了新的幸福。

　　2019 年夏天，豆子在家人的陪伴下，以二十多岁的高龄去了天国。

　　他短短的一生经历坎坷，但我相信，他是怀揣着从两个家庭收获的满满爱意而离开的。

摄于 2012 年 6 月 30 日

摄于 2019 年 11 月 14 日

茂助

2013 年春天，我第一次见到茂助。

次年底，一直陪在他身边的小母猫，去世了。

从那以后到被收养前的四年间，茂助一直独自努力地生活着。

曾经和小母猫共同栖身的房屋被拆除，志愿者在勉强被保留下来的小屋里设置了投食处。

茂助靠着这个投食处，维系着生命。

在饭馆村拍摄茂助时，需要用长焦镜头。

因为他对人类毫无亲近之意。

但是，茂助在被收养后，被新主人呵护着，有了丰盛的食物和软绵绵的垫子。

最终，他放下戒备，成了家庭一员，围绕在主人身边。

果然，融化猫咪心灵的特效药，是爱。

摄于 2017 年 11 月 8 日

摄于 2012 年 2 月 26 日

小歌

　　刚在街边停下车，小歌就凑了过来，冲我撒娇。我知道她是想向我讨要小零食了。

　　街边的房屋是小歌曾经的家，门窗紧闭，堆满灰尘的走廊上放着猫粮和猫窝，那是小歌全部的家当。

　　她不断地用脑袋蹭我，似乎催促着"快摸摸我，快摸摸我"。

喜欢和人亲近的小歌与这萧条的庭院风景显得格格不入。

这是我们的第一次相遇。

一旦被亲近，就会变得很在意，这是人之常情。

所以，只要去饭馆村，我就一定会去看望小歌。

我很喜欢小歌的名字。

在饭馆村的猫中，小歌与我接触最多。

在小歌家，同住的还有一只黑猫和一只大狗。

后来，黑猫不见了，大狗也被人收养了。在主人离开避难的一年后，小歌变得孤单。

2012 年 2 月至 2016 年 4 月，这四年多的时间里，我一直在为小歌的命运担忧。

2012 年春天，小歌成为四只猫宝宝的母亲。

在人迹罕至的灾区，乌鸦、老鹰、狐狸，这些猫宝宝的天敌显得格外强大。

平时爱撒娇的小歌，此时正履行着母亲的职责，守护着自己的孩子们。

即便小歌再尽职，猫宝宝们只要在饭馆村生活，就是野生动物食物链的一部分，未来难测。

我决定帮助小歌照顾猫宝宝们。

摄于 2012 年 6 月 3 日

　　当我提出希望为小歌和她的宝宝们寻找新家的
建议时，小歌的主人拒绝了。

　　那时，我天真地以为，再过一两年，就会设立
动物能入住的新避难所，大部分遗留在饭馆村的猫
狗会重新和主人一起生活。

　　小歌的主人可能也和我的想法一样吧，所以才
会拒绝我的建议。

　　但是几经说服，主人最终同意让小歌的宝宝们
先暂住我家。

　　一年，两年，小歌一直孤孤单单。
　　也许独处太久，她对人的依恋也越发强烈。

人类消失得越久，野生动物的活动范围就变得越大。

有一段时间，猫咪连续被野生动物袭击。

我开始担心起小歌的安全，于是再次向主人表明了希望收养小歌的想法。

"她是一只不管对谁都很友好的乖猫呢！"主人骄傲地说。

主人仍然期盼着有朝一日能和她重新在一起生活。

但是，优先考虑到小歌的安全，主人最终决定把她托付给我。

这一年，小歌的家开始了清除放射性物质的工作。

最终，辐射剂量还是未达到安全居住的标准。

摄于 2014 年 11 月 2 日

摄于 2014 年 12 月 14 日

仍然想看一看夕阳，可惜满眼都是被核辐射污染的土地，也许这就是主人决定和小歌分别的关键原因吧。

摄于 2013 年 11 月 16 日

小歌开始了在我家的生活，令我担忧的事情也终于少了一桩。

"小歌——"

每天，我都沉浸在呼唤她名字的喜悦中。

小歌安详睡觉的样子，让我的心情变得舒缓而平静。

小歌的孩子早已被我收养，时隔四年，小歌在我家和她的孩子们相遇了。

本以为会是一番抱头痛哭，没承想他们只是礼貌地打了个招呼。

这番生疏，让我不禁苦笑起来。

一年后，在樱花盛开的季节，小歌开始了在新家庭的生活，是有人类小孩的新家庭。

不久后，我收到了小歌新主人发来的照片，这是我珍藏的宝物。

照片里，小歌陪伴在孩子身旁，散发着母亲或姐姐般的气息。

一眼就能看出来她现在过得很满足。

恭喜你，猫咪小歌。

摄于 2016 年 4 月 2 日

摄于 2016 年 4 月 2 日

摄于 2012 年 6 月 30 日

小歌的孩子们

小歌有四个孩子。

挤在最前面的黑猫叫"墨"，取自墨鱼的"墨"。

排在第二的黑白奶牛猫叫"小田部"，取自京都最有名的和果子，是将豆沙馅儿包在对折成三角形的生八桥面饼中的可爱小点心。

最里面的那只叫"海苔子"，取自不可或缺的日本传统食物 —— 海苔。

照片上只露出耳朵的猫咪叫"福"，取自"大福"，是一种用年糕裹着馅儿的和果子。福是四个孩子中唯一的男生。

　　这些在原住民撤离后出生的小猫咪，常常吃不饱肚子。我用食物的名字为他们取名，是希望他们能够在我家衣食无忧，快乐长大。

　　这群猫宝宝，从出生开始就很少和人类接触。
　　刚来我家的时候，他们对我有很强的戒备心。
　　于是，我每天和他们说话，陪他们吃饭，陪他们玩耍。
　　功夫不负有心人，小家伙们终于放下戒备，敞开心扉。
　　现在，他们都已经变成了爱撒娇的宝宝。

　　小歌的孩子们是我在饭馆村遇到的第一窝幼崽。
　　如果他们没被我带回家，现在可能就变成了四只野猫。
　　在世俗的观念中，家猫是爱撒娇的萌宠，野猫如野生动物般凶悍。
　　可是，只要用心交往和照顾，他们就可以被"改命"，野猫也可以变成家猫。
　　小歌孩子们的命运就是最好的证明。

摄于 2014 年 3 月 4 日

白猫银座

饭馆村有一条街，被十多只白猫占领，于是，这里被称为"白猫银座"。

大多数的白猫都是在原住民避难后出生的野猫。

白猫在自然界中很显眼，难与环境融为一体，白色并非保护色，所以警戒心比其他颜色的猫高很多。

白猫虽然知道一旦有人来，就有食物吃，但也从未就此放松过警惕。

他们一直在人们难以触及的地方传达着存在感。

大部分的白猫都被保护起来了，但是也有消失的。

他们藏身的建筑物被拆除了，甚至连猫存在过的痕迹也被清除殆尽。

我救助了这条街上的两只白猫，他们从最初拒绝抚摸，到现在变得黏人，在新的家庭幸福地生活着。

野猫是家猫的预备军。

人和猫的相处方式可以改变他们的未来，并且每个人都拥有这种能力。

只要人能够伸出援助之手，野猫生存下去的意义不就增加了很多吗？

晴

晴原本是一只家猫，在原住民撤离的混乱中和家人走失了。

为了留下晴活过的证据，我要写她。

晴在饭馆村生活的时候，被叫作"花花"。

在几间废弃房屋旁的投食处，我们初次相遇。

那时的她，已经像野猫一样独自生活了八年，对人类充满防备之心。

在了解到她的过去之前，我从未想象过她曾经和人类一起生活。

由于她放不下戒备，我始终无法为她拍摄一张照片或一段视频。

一次，我把相机的录制模式打开，摆好机位之后，就离开了。

回看拍摄到的视频，屏幕上，她从隐蔽处钻出来开心吃饭的样子，深深打动了我。

只是吃饭就够了吗？

只要活着就够了吗？

从那以后，我每周都会去看望她两次。

冲着她渐渐远去的背影打招呼；和躲在草丛里的她说话；不断呼唤着她的名字。

坚持了半年后，每次我来到投食处，她也必定会出现在我面前。

又过了几个月，她见到我时，逃跑的速度变慢了。

我们之间，虽然还有距离，但是我感受到了她心里的变化。

相识一年后，她已经敢靠近至我"伸手可及"的范围内了。
有一次，我伸直手臂，轻轻地，指尖终于触碰到了她的额头。

也许有不得已的苦衷，她还是会偶尔躲藏着不敢见人。
在她看来，人类曾经背叛了她一次。
想再次获得她的信任，不会太容易。
最简单直接的方法，就是持续不断地加倍地向她传达爱意。
我打算继续实施和她交朋友的计划，一直坚持到她打开心结为止。

我持续探望着她。
我察觉到，她似乎开始揣摩我的心情了。
她被阴霾笼罩着的内心，透出的光芒也在不断增强。
曾经，我也有过一段无依无靠的艰难时期。
所以，我知道，哪怕只有一个人陪伴，一切也会慢慢变得好起来。
于是，我祈祷自己能够成为她心目中那个陪伴着她的人。

摄于 2021 年 5 月 6 日

又一年过去了，当我准备食物的时候，她可以慢慢靠近我了，甚至开始吃我手上的零食。

虽然花了很长时间，但我终于将感情传递给了她。

对她的一厢情愿，是我每周往返 300 公里的最大动力之一。

我很后悔，没能让花花在生病之前成为我的家人。

福岛核电站事故发生后的第十一个冬天，夜间气温连续几天都低于零下八摄氏度。

对年老且抵抗力越来越差的花花来说，非常难熬。

她可能感染了病毒，打喷嚏，流鼻涕。

我决定要带她回家。

带她回家的过程一波三折。

早前，志愿者为了给她做绝育手术，用诱捕笼对她进行过抓捕，她大闹了一番。

不出所料，现在她对我放在诱捕笼里的丰盛食物不屑一顾。

于是，我决定尝试用她没见过的小笼子。

一旦失败，我可能就会失去她对我的脆弱的信任。

接下来的一个月里，我把食物放在小笼子中，让她慢慢习惯在小笼子里吃饭。

自然而然地，某天她在吃饭时，我轻轻关上了笼门。

圣诞节到来之前，她成了我的家人。

摄于 2020 年 8 月 26 日

记得我们刚到家的那天，她就把脑袋托在我的手掌上。

即使地点变了，她也仍然认出了我。

能够使她成为我的家人，我开心得不得了。

于是，给她取了新名字 —— 晴，希望她以后的日子都是晴天。

过上安稳日子的晴，身体也逐渐恢复了。

以为从此便是风平浪静，可是她的鼻子突然肿了起来。

医生说，这种病例很少见，难以实施有效的治疗。

我每天都在祈祷晴的病情不要加重。

她努力享受新生活的样子，也偶尔让我恍惚觉得她从未生病。

晴喜欢上了被人抚摸。

她出现在了等待食物队伍的最前列。

她开始允许我抱她了。
每天都能感受到她从内心发射出来的光芒，我很幸福。

希望不论再过多少年，都能拥有现在这样的日子。
希望一直一直和她生活在一起。
但是，我的愿望没有实现。

晴的病情恶化，紧急住院了。
虽然竭尽全力治疗，但是她已没有了战胜病魔的力量。
我把她带回了家。
家里，有伙伴，有家人。
除了抚摸她，和她说话，我已经没有什么能为她做的了。

第二天早上，出门工作前，我抚摸了躺在床上的晴。
她把头托在我的手掌上，如同第一天来到我家时那般。
只要她想活下去，我就像往常一样陪着她。
但是，没有等到我回家，晴就走了。

心里就像被挖开了一个黑洞。
对着记忆中的晴微笑，我泪如泉涌。
时间不能倒流。
所以，我强烈地想要珍惜现在。
和晴的分别，让我学会了在平凡的时光里去感知幸福。

摄于 2021 年 10 月 7 日

致晴：

　　能够和你成为家人，我真的很幸福。

　　最初靠近我脚边的你，是一只客气的小猫。

　　我不会忘记你孩童般的眼神。

　　出现在等待食物的队伍中最前列的你，和大家一起挤在被子中的你，我一直都记得。

　　你知道吗?

　　只要能和你在同一个屋檐下，我就会无比安心。

　　我想一直和你在一起。

　　但是，我已说不出"加油"。

　　能够和你相遇，我真的很开心。

　　谢谢你，晴。

凪 ①

2021 年的圣诞节，凪来到了我家。

"凪"是海面风平浪静的样子，寄寓着我对他的希望——今后的日子能安稳祥和。

避难指令解除后的第三年，这片核污染最严重的区域之一，依旧人烟罕见。

辐射剂量是福岛核电站事故发生前的 10 倍。

在没有人类活动的地方，野生动物成了霸王。

为凪投喂的食物，大部分被野猪、狐狸、果子狸、天鹅、乌鸦吃掉了。

2020 年，志愿者给凪做了绝育手术。

手术后，他被放归，又回到了自己原来的领地。

那时，没有人愿意收养他。

而我，也只见过他一次——

他曾经在小沙丁和汤姆的据点出现过。

---

① "凪"为和制汉字, 寓意海面风平浪静。

摄于 2021 年 10 月 13 日

2021 年夏天，我见到了久违的凪。

"我带饭来喽！"

听到我的声音后，他走过来，大口吃起了罐头。

他那渴望能再多吃一口的眼神，坚定地从草丛里穿透出来。

我一直以为，行踪隐秘的凪是一只戒备心很强的流浪猫。

但是，我错了。

他坚毅又无助的眼神，使我开始期待着每周都能见到他。

在山峦被染成红色和橙色的秋天，凪开始对我放松了警惕，他吃完饭后会留在我身边。

但是，他和我依旧保持着距离，我伸直手臂也够不到他。

或许是距离产生美，我彻底喜欢上了凪。

他的样子让我想起了以前没能救下的小春，我不想再后悔。

饭馆村的冬天，零下十摄氏度的夜晚不在少数，在冬天来临之前，我想带凪回我家。

保护凪的工作并非易事。

也许是因为有过可怕的回忆，凪对诱捕笼中的食物不屑一顾。

摄于 2021 年 11 月 4 日

摄于 2021 年 12 月 24 日

诱捕行动频频失败。

一转眼就到了飘雪的季节，天气预报说"圣诞节期间会有强烈的寒流"，于是我决定抓紧实施保护凪的"作战计划"。

我完全没有信心能用诱捕笼抓住他。

访问投食处的时候，我没有见到他的踪影。

我做好了失败的心理准备，把装有食物的诱捕笼留在了投食处。

再次访问凪的投食处时，他就站在诱捕笼旁边，望着无奈的我。

我又失败了。

天黑之前，我想再努力尝试一次，于是第 N 次在诱捕笼里放了食物，然后离开。

我从投食处开车出来，准备在路边静候佳音，凪居然在后面追上了我的车。

我很惊讶，只是想着今天一定要把他带走，这一幕的发生却让我不知如何是好。

没有时间再犹豫了。

在路边为他开了一个罐头，趁他大快朵颐之时，我把诱捕笼重新布置一番，在笼门上系了绳子，在笼子里面放上了新的食物。

凪依旧很警惕，没有进入笼子。

我把盛着食物的盘子移到了笼子入口，他似乎觉得这份食物是安全的，吃了起来。

他每吃一点儿，我就为他添上一点儿，并顺势把盘子往里挪一点儿。

我不断地重复着上述操作，当盘子被挪到笼子最里面的时候，天已经完全黑了。

这时凪全身都进到笼子内，我仿佛听到了自己的心跳声。

慢慢地，悄悄地，我系紧了笼子门上的绳子。

春天樱花盛开的时候，凪像在我家住了很久一样，跑来跑去，并且成为占领我棉被的一员，他和晴也相处融洽。

他们惬意的样子，让我感到安心和幸福。

摄于 2022 年 3 月 29 日

摄于 2019 年 10 月 30 日

小马哥

直到 2018 年的秋天，我踏入饭馆村的第六个年头，才和小马哥有了更深的接触。

这时，饭馆村保护小动物的志愿者数量骤减。

此前，我每年拜访饭馆村十次左右，但从这时开始，我每周都会去。

一开始是危机感的驱使，担心猫咪和狗狗缺少照顾。

但是，小马哥让我觉得，其实更重要的是想念 —— 想念使我停不下脚步。

小马哥和柴柴以及兄弟小白生活在一起。

这三只狗狗虽然都喜欢和人亲近，但小马哥有点儿不一样。

散步的时候，他从来不看人的眼睛。

即使喊他的名字，他也充耳不闻，自顾自地前行。

心情不好的时候，小马哥甚至攻击过小白。

饭馆村是小马哥的故乡，四季皆有独特风景。

我和小马哥一起散步时，时常一步一景，总是好奇再往前走走，又会邂逅什么样的美景？

只要小马哥想走，我就一直陪着他。

几个月后，散步时，小马哥偶尔会向我投来目光了，仿佛在说：

"可以去这里吗？"

"可以再走一会儿吗？"

又过了几个月，他开始回应我的呼唤了。

"小马哥，过来啊！"

散步途中，我从口袋里掏出零食，他的目光就再也没有离开过我。

和小马哥一起走了这么多路，我终于开始理解他了。

曾经的他为了生存下去，竭尽全力，全然不知人类可以为他提供帮助。

摄于 2021 年 5 月 12 日

　　现在，小马哥已经学会了如何向人类表达自己的信赖。

　　每次去探望他，他都会在我身边手舞足蹈，忽左忽右地蹦来蹦去。

　　虽然他还是不习惯被人摸脸，但是在我给他擦眼屎的时候，竟然也安静地忍受下来。

　　以前，小马哥不习惯洗澡，现在也放心地把自己交出来，任由我搓洗。

　　他的心结似乎解开了。

　　在旁人看来，他可能只是在福岛核电站事故发生后被遗忘在灾区的一只老狗。

但对我来说，他是和我心灵相通的珍贵朋友。

和小马哥的回忆，是我一生的宝物。

2021 年 7 月，小马哥变得形单影只。

柴柴和主人搬走了，小马哥唯一的伙伴小白也去世了。

也许是否极泰来，被眷顾的小马哥等到了被收养的消息。

独自经历了十年之久的孤苦时光，他没有气馁，光彩夺目地走进了新生活。

2021 年 7 月 29 日，我把小马哥送到了新的家庭。

那晚，我收到了一张照片，他在新家人的身边像孩子一样开心地笑着。

小马哥，恭喜你！

07
勿忘

老奶奶的猫

在政府发出避难指令后，有少数人自愿留在饭馆村继续生活。

我从官方发布的信息中得知，没有离家避难的人，有 13 位。

其中有一位老奶奶，为了照顾猫咪留了下来。

她的 10 只猫咪因此得以团聚在一起，是一个齐齐整整的大家庭。

老奶奶的家也与其他失去生机的庭院形成了鲜明对比，猫咪悠闲地睡着午觉，日子一如既往地恬静。

这样的日子，在福岛核电站事故发生后，维持了近五年。

老奶奶年纪越来越大，独自生活也越来越艰难，不得已还是离开了村子。

后来，志愿者建立了投食处，运来食物，接手照顾老奶奶的猫咪们。

随着时间的流逝，猫咪的数量在不断减少。

从屋顶上跟我打招呼的狸花猫，一直坚强地生活着，和另外两只同伴一起被保护起来了。

摄于 2012 年 4 月 7 日

理发店的虎斑猫

饭馆村的中心有一家理发店，理发店里有一处猫咪投食处。

投食处里有一只聪明且具有领导风范的虎斑猫。

我多次试图抓住他，他都机灵地逃脱了。

回想第一次和他相遇的情形，我正在寻找投食处，而他，也正在寻找投食处。

最终，我们在投食处四目相对。

一辆汽车从理发店外的公路上呼啸而过，他觉得那可能是志愿者带着新的食物来了，于是领着我来到理发店外，跑到马路边仰脖张望。

即使被划为避难区域，饭馆村的街道也没有荒废到腐朽的程度。

村里的建筑和基础设施，几乎没有受到损坏，只是变得空荡荡。

如果福岛核电站事故没有发生，村民和他们的猫狗，应该还过着和往常一样的生活。

可是，没有如果。

摄于 2013 年 9 月 13 日

牛棚里的母猫

在福岛核电站事故发生之前，饭馆村的畜牧业非常兴盛。

全村饲养了约 3000 头牛，"饭馆牛"是颇有口碑的牛肉品牌。

当饭馆村被划为避难区域之后，畜牧主就把饭馆牛放生了。

这些牛从此开启了前往全国各地畜牧农家的旅程。

有一只母猫做了绝育手术后，没有去处，寄居在了这间核污染严重的废弃牛棚里。

幸运的是，她的孩子们被保护了起来。

有一段时间，牛棚的主人经常回来照顾她。

主人也在不断地修葺房屋，期盼着重新在这里生活。

即使政府清除放射性物质的工作结束了，这块区域的辐射剂量也远远没有达到人类可以正常生活的标准。

最终，主人决定拆除这个家。

母猫也在拆除房屋之前，被保护了起来。

2014 年 7 月 13 日

小太爷

和小太爷的相遇是在 2020 年初，他从别处流浪而来。

那时，小太爷毛发脏乱，黯淡无光，看上去像一个疲惫的老人家。

出于对老年雄性的尊敬，我给他取名"小太爷"。

当发现我靠近时，他目露凶光，拼尽全力做出一副要战斗的样子，看上去狰狞得像只恶霸。

这次，反而是我对他，一直警惕着。

这片区域在几年前还是受灾区，小太爷是如何活到现在的，我无从知晓。

从他伤痕累累的耳朵，可以想象得出他过得并不顺利。

投喂了几次食物之后，小太爷的"恶霸气焰"消散了不少。

他之前还是战战兢兢靠近盛着猫粮的碗，几个月后，竟然开始慢慢地靠近我，并扭捏着向我讨要起食物。

我为他专门准备了高营养的猫粮和保健品，希望他恢复强壮的身体。

摄于 2020 年 12 月 2 日

摄于 2020 年 10 月 1 日

我一边祈祷他早日康复，一边和他轻声聊天，鼓励他。

过了半年多，小太爷愿意让我抚摸他的头和后背了。

被我抚摸的时候，他一脸陶醉，起初那副狰狞的面孔彻底烟消云散。

在我面前的，是一只温柔可爱的小太爷。

在同一个投食处讨生活的猫咪，都很仰慕他。

他对人类的情感也在不断加深。

和小太爷的相遇，使我再一次确认，每只猫咪的内心都有一颗种子，人类的爱心和行动可以让这颗种子发芽，直至发出生命之光。

可乐

主人离开避难后，同伴也去世了，可乐变得孤零零。

他最期待的就是主人和志愿者的回访。

他的家在山上，能远远地看到车从山下开上来。

每当此时，他就手舞足蹈。

可乐，一直都是站起来迎接我的。

和可乐散步，是我在饭馆村的乐趣之一。

当我做出准备赛跑的姿势时，可乐给我一个眼神就加速快跑起来。

他跑到我前面，回头露出自豪的表情，我不由得舒心一笑。

散步时往远处走一走，就能看到更美的景色。

只要有人陪伴，可乐就已经心满意足了。

所以，可乐想走多久，我就陪他走多久，陪他享受着故乡的风和故乡的味道。

"可乐——"

只要听到自己的名字，他就开心地向我奔跑。

可乐渴望的是人给予的温暖。

在福岛核电站事故发生前，这是他多么容易得到的幸福。

摄于 2019 年 4 月 10 日

摄于 2019 年 6 月 12 日

饭馆村曾经被誉为日本最美丽的村庄之一。

我以前一直不太明白到底美在哪儿。

现在原住民慢慢回归，农田也再次被开发，饭馆村开始恢复生机。

我开始明白，独一无二的自然环境，人类勤劳的经营，与各种生命和谐相处，才是成就饭馆村美丽的法宝。

摄于 2021 年 9 月 10 日

阿笛

　　在饭馆村，和主人分别的狗狗由最初的 200 只减少到了 5 只。

　　阿笛就是其中之一。

　　主人离开避难后，已经十一年了，阿笛孤独地度过了几千个夜晚。

　　她家所在的区域，由于核污染严重，只有零星几户原住民回迁。

　　这里大部分的房屋被拆除，农田也不再适宜耕种。

外出避难的原住民，已经在移居地经营着新的生活了。

因此，五年后，十年后，回迁家乡的人估计也不会增加。

我下车的时候，阿笛全速向我飞奔而来，我回报以她最爱的零食。

阿笛埋头沉浸在零食带来的喜悦中，当我想要捡起掉落的几粒时，她会发出哼哼唧唧的声音，担心我抢走她的最爱。

一旦吃饱，她就摆出一副冷漠的样子，不认生，也不和人亲近。

福岛核电站事故发生后的第二年，阿笛的主人就收到了通知：没被收留的狗将被政府强制收容。

于是，阿笛的主人在家中留下了字条：我每天都会回家，请不要带走我的狗，她是我生活的意义。

一方面，阿笛乐于在美食面前展示自己在饭馆村排名第一的温柔。

另一方面，她在面对野生动物——果子狸、白鹳、猴子和野猪时，也会毫不犹豫地战斗，守护着那空无一人的家。

饭馆村原本自然环境优美，村落和房屋零星散布在山间。

所以，阿笛自出生以来就有幸生活在足球场那么大的庭院里。

主人虽然想重新和她一起生活，但是比起避难所狭窄的空间，在山间自由奔跑或许更适合她。

外出避难后，主人经常回来看望阿笛。避难指令解除后，主人每周都会在饭馆村的家里住一两天。

阿笛虽然没有被锁链拴住，但也很少离开家。

独自一人的时候，她总是谨慎又胆小。

我会邀请她一起去散步，希望可以多陪伴她一会儿。

阿笛也很喜欢和我散步，只要我拿上相机和小零食，她就会欢快地冲出去，时常会回头确认我是否还在后面陪着她。

"阿笛 ——"

每当听到我呼唤她的名字，她的尾巴就像风车般摇起，向我飞奔而来。

对于大多数狗狗来说，亲人的陪伴是触手可及的，对于阿笛来说，却成了奢侈品。

和饭馆村的猫狗在一起的时候，我感受到他们从不认为自己是不幸的。

比起同情的眼泪，充满爱意的语言和行动更能带给他们幸福感。

摄于 2018 年 10 月 31 日

爱可以让他们的脸上充满笑容。

爱可以让他们的内心充实。

爱可以让我们和他们心灵相通。

如果心灵相通，我们就能真正感受到他们散发出来的生命之光。

如果我们每个人，把对其他生命的爱意化作行动，一个充满温柔的社会也许将就此实现。

摄于 2021 年 6 月 11 日

摄于 2020 年 8 月 6 日

摄于 2020 年 8 月 20 日

摄于 2012 年 5 月 26 日

摄于 2019 年 9 月 11 日

摄于 2020 年 12 月 16 日

后记

福岛核电站事故，使饭馆村原本平静的乡间生活发生了翻天覆地的变化。

十一年过去了，饭馆村的避难指令已经解除，可是回归的原住民只有三成。

和主人分别的猫狗、事故发生后出生的无主猫狗、需要人类帮助的猫狗，已经减少到 20 只。

十一年，对于猫狗来说，相当于他们的半生时光。

可是，不管度过多少个孤独的夜晚，他们都依旧信任人类，总不忘记亲亲抱抱。

我们的社会之所以还不够完美，可能正是因为忽视了这些发出熠熠光彩的生命。

为了创建更加温柔的社会，请思考一下我们还能做些什么。

我们迈出的每一小步，都将为社会的进步注入一份能量。

请开始行动！

小猫和小狗们会对你充满爱意的每一步，回报以纯洁的笑容。

在对动物们倾注关爱的社会，我相信我们人类也会被更多爱意包围。

同时，我也想珍惜当下。

请大声呼唤你最爱的亲人和动物的名字，享受和他们在一起的时光。

你的爱，会让他们露出微笑。

大家心心相印，这就是幸福。

由衷感谢看到这本书的您。

谢谢！

上村雄高

2022 年 10 月

写在最后

多年以来，我一直关注着上村雄高这位并不算有超级热度的摄影师。他似乎也并不在意被多少人点赞和评论，只是坚持一趟一趟地前往福岛县饭馆村，救助那些被遗留在灾区的猫狗。他为他们拍照片、拍视频，记下他们的名字，写下他们的生平故事，像对待最好的朋友和亲人一样，一丝不苟地记录下他们在这个世界上活过的痕迹。

直至 2019 年 9 月，我和好友席小青、甘丹打算在深圳的深业上城举办一场猫主题艺术展——"一个治猫饼的展"，欲邀请上村先生前来参展。说明展览主题之后，他非常支持，欣然提供作品，供我们展出。他为每幅作品都认真地写了百字小传，另配有"展览前言"和"展览后记"，文字和图片一样感人，收获无数好评。这是上村先生的作品在中国首次公开展出。

　　既然有了一个良好的开端，我们憧憬着未来可以在国内其他城市巡展，让这么多好的作品被更多人看到。计划比现实美好，随即而来的疫情，使我们的巡展计划处处碰壁，无法落地实施。于是，改变方案——将上村先生的 *call my name* 系列摄影作品结集出版。

　　这时，音乐人好友科钦夫向我推荐了深圳出版社（当时还是"海天出版社"），双方一拍即合，甚至都没有过多寒暄，就达成了一致，大家被上村的义举所感动，为他记录下的小猫和小狗们的生平故事而流泪。我非常感谢深圳出版社的一众工作人员，能陪着我和上村一起，做这件看上去没有什么"钱味"的事情。

　　此处不得不提的是，科钦夫曾经拥有一只天

使般的猫，此猫也拥有自己的名字，大名叫"黄霜霜"，昵称"黄总"。黄总生于"非典元年"，逝于"新冠末年"，治愈了非典之伤，带走了新冠之痛。

　　亲人终将离去，疫情终会结束，期待着这本书能在后疫情时代，治愈一丝仍在某处隐隐作痛的伤口，给予力量，再次前行。

夏心蕾

2023 年 2 月